W0345335

© 1999, Éditions du Seuil
Dépôt légal : avril 1999
Isbn : 2-02-035818-2
N° 35818-1
Loi 49-956 du 16 juillet 1949
sur les publications destinées à la jeunesse
Imprimé en Belgique

Monsieur Cloud nuagiste

Fred Bernard

François Roca

Seuil jeunesse

Gustave Cloud est nuagiste dans une fabrique de parapluies. Il connaît les nuages comme sa poche, du moins le pense-t-il ! Passionné par la pluie et l'orage, il est aussi friand de poésie et admire Fabre d'Églantine, l'auteur de « Il pleut, il pleut, bergère... ».

Pour vendre plus de parapluies, Monsieur Cloud a inventé une machine à nuages. Son patron est aux anges :

— Mon cher Gustave, bravo ! Vous êtes un grand savant et je suis fier de vous.

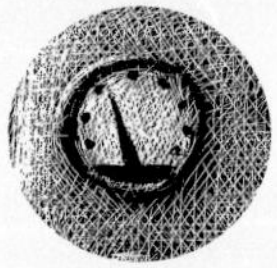

Mais hélas! la machine ne fonctionne qu'à moitié : une mer de nuages recouvre toute la ville, mais de pluie... point! Pas une seule goutte d'eau.

Pas de pluie et plus de soleil ! Pas le moindre parapluie dans les rues. Son patron, à bout de patience, **hurle** :

— Monsieur Cloud, **faites pleuvoir,** mon vieux, ou vous êtes viré ! Un nuagiste de votre calibre, vous devriez avoir honte !

Dans la ville triste et grise, Monsieur Cloud marche la tête basse. Il est tellement soucieux qu'il n'a pas remarqué le petit nuage blanc qui le suit depuis la sortie de l'usine.

Excusez-moi, monsieur, vous êtes bien le nuagiste de la ville? demande le petit nuage.

— Désolé, pas le temps, pas le temps, je suis très occupé!

Le petit nuage insiste; il est le messager des nuages. Ils sont tous là, attirés sur la ville comme par un aimant. Et impossible de pleuvoir! Ils veulent savoir pourquoi.

Monsieur Cloud soupire :

— Je ne peux rien pour vous. J'ai tout essayé, ma machine doit avoir un défaut. La science a ses limites...

— Votre machine ne nous plaît pas, Monsieur Cloud ! Essayez plutôt de nous émouvoir ou faites-nous pleurer de rire.

N'importe quoi ! **Sornettes !** Pourquoi pas des danses indiennes pendant que vous y êtes ! Je suis un homme de science, moi ! J'étudie la pluie, jeune homme, je ne suis pas psychonuage ! Laissez-moi travailler et débrouillez-vous avec vos dépressions ! **Quand on veut, on pleut !** Cela devrait être votre devise !

À ces mots, le petit nuage verse quelques larmes...

ANIE
ON
TORE

Gustave est stupéfait, les nuages sont donc émotifs ! Incroyable ! Il invite illico le petit messager chez lui. Il remarque que le nuage peut boire beaucoup sans avoir envie de pleuvoir. Alors comment résoudre le problème ?

Le lendemain, Monsieur Cloud monte au sommet de la plus haute tour de la ville pour conter aux nuages la plus triste histoire qu'il connaisse : un roi, une reine trahie, un enfant perdu sur une île déserte...

Mais seul le petit nuage verse une larme :

— Nous, les petits, pleurons plus facilement que les gros nuages. Nous sommes plus naïfs que nos aînés, Monsieur Cloud. Mais les grands, eux, ce qu'ils aiment, c'est rire aux larmes.

Monsieur Cloud décide alors de faire appel au plus grand comique de la ville, il signore Cheluco. Il joue, se moque, met le ton et la forme : des histoires peuplées d'animaux, d'ours et de petits lapins.

Mais pas une larme ne tombe des nuages.

Gustave Cloud est très déçu :

— Je ne suis vraiment qu'un piètre nuagiste. Je porte malheur à toute la ville, aux nuages, aux arbres, aux marchands de parapluies et à moi-même. C'est peut-être à force d'ouvrir des parapluies chez moi et au travail. Ça porte malheur !

Monsieur Cloud est au désespoir. Mais tout à coup, il s'empare d'un parapluie et quitte son appartement à toute vitesse. Vite, il court en direction du métro, un éclair dans les yeux.

— Il suffit peut-être d'y croire, se dit-il.

4

Face aux nuages, il ouvre en grand son parapluie et s'écrie :

— Quand on veut, on pleut !

Les nuages frémissent comme un troupeau d'éléphants à la vue d'une petite souris.

Et quand le petit nuage rejoint Monsieur Cloud, il pleut déjà à verse sur toute la ville.

Gustave Cloud s'est souvenu qu'ouvrir son parapluie sous les nuages appelle l'ondée, l'averse, la pluie.

— Un peu de magie ne peut pas faire de mal à un homme de science qui aime la poésie !

Le petit nuage et Monsieur Cloud décident alors de goûter un repos bien mérité à la campagne tandis que, partout dans la ville, fleurissent les parapluies.